T0405955

Constelaciones

Grace Hansen

Abdo Kids Jumbo es una subdivisión de Abdo Kids
abdobooks.com

abdobooks.com

Published by Abdo Kids, a division of ABDO, P.O. Box 398166, Minneapolis, Minnesota 55439.
Copyright © 2022 by Abdo Consulting Group, Inc. International copyrights reserved in all countries.
No part of this book may be reproduced in any form without written permission from the publisher.
Abdo Kids Jumbo™ is a trademark and logo of Abdo Kids.

Printed in the United States of America, North Mankato, Minnesota.

052021

092021

Spanish Translator: Maria Puchol

Photo Credits: Alamy, Getty Images, iStock, Library of Congress, Shutterstock

Production Contributors: Teddy Borth, Jennie Forsberg, Grace Hansen
Design Contributors: Dorothy Toth, Pakou Moua

Library of Congress Control Number: 2020930671

Publisher's Cataloging-in-Publication Data

Names: Hansen, Grace, author.

Title: Constelaciones/ by Grace Hansen;

Other title: Constellations. Spanish

Description: Minneapolis, Minnesota: Abdo Kids, 2022. | Series: Luces en el firmamento | Includes online
    resources and index.

Identifiers: ISBN 9781098204457 (lib.bdg.) | ISBN 9781098205430 (ebook)

Subjects: LCSH: Constellations--Juvenile literature. | Stars--Clusters--Juvenile literature. | Space--
    Juvenile literature. | Astronomy--Juvenile literature. | Spanish language materials--Juvenile literature.

Classification: DDC 523.8--dc23

Contenido

¿Qué es una constelación?

Una constelación es una **agrupación** de estrellas. Estas agrupaciones forman siluetas reconocibles.

4

5

Hay 88 constelaciones

reconocidas. A muchas se

les puso nombre ya en la

Antigua Grecia.

Claudio Ptolomeo fue un **astrónomo**. Le dio nombre a 48 constelaciones.

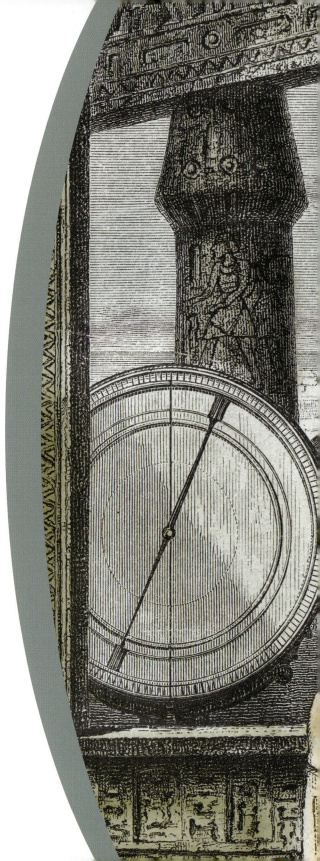

Una de las nombradas por Ptolomeo es la *Ursa Major*. También se la conoce como Osa Mayor. Siete de sus estrellas con más brillo forman la constelación del Carro.

el Carro

Sirio es la estrella más brillante de todo el firmamento. ¡Es fácil verla! Forma parte de la constelación *Canis Major*.

Sirio

Sirio

¿Cómo ver una constelación?

El poder ver una constelación depende del lugar donde se viva. También depende de cuándo se esté observando el cielo.

14

La Tierra **orbita** alrededor del Sol. Gira sobre su eje mientras orbita. El ecuador divide la Tierra en dos mitades. Estas mitades se llaman hemisferios.

ecuador

vista nocturna desde
el hemisferio norte

vista nocturna desde
el hemisferio sur

La gente que vive en el hemisferio norte puede ver *Canis Major* en el invierno. Los que viven en el hemisferio sur quizás puedan verla durante el verano.

Canis Major

Sirio

El zodíaco

El **zodíaco** está compuesto por 13 constelaciones. Los grupos de estrellas zodiacales crean un círculo alrededor de la Tierra. Cuando la Tierra gira sobre su eje se pueden ver diferentes constelaciones zodiacales.

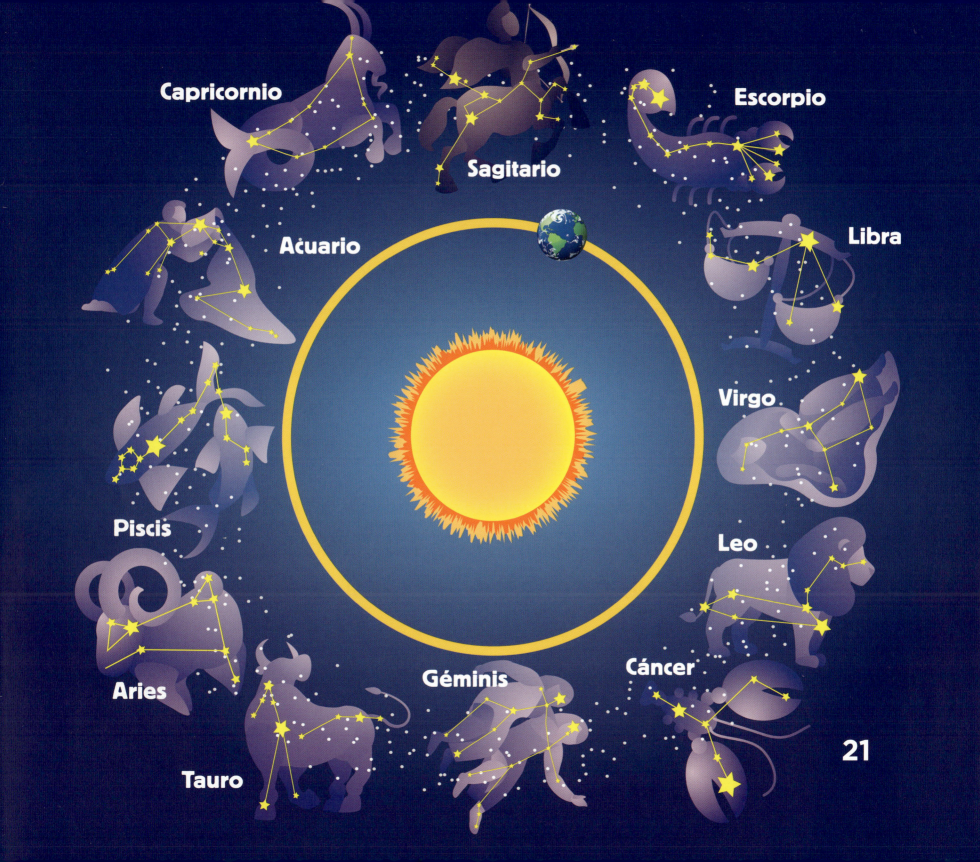

Capricornio

Sagitario

Escorpio

Acuario

Libra

Virgo

Leo

Piscis

Cáncer

Aries

Géminis

Tauro

21

Más datos

- La palabra constelación viene del latín y significa "sembrado de estrellas".

- Las 12 constelaciones en el calendario del zodíaco son Capricornio, Acuario, Piscis, Aries, Tauro, Géminis, Cáncer, Leo, Virgo, Libra, Escorpio y Sagitario.

- La decimotercera constelación es Ofiuco. Se dejó fuera a propósito. Se piensa que los científicos querían dividir el recorrido de 360 grados del Sol en 12 partes y no en 13.

Glosario

agrupación - grupo.

Antigua Grecia - civilización de hace 2,500 años. En Grecia hubo entonces grandes pensadores, atletas, artistas, etc.

astrónomo - científico que estudia el universo más allá de la Tierra.

orbitar - moverse en una ruta curvada descrita por un cuerpo celeste que se mueve en torno a otro.

zodíaco - cinturón imaginario en el cielo que comprende los recorridos del Sol, la Luna y los planetas como se ven desde la Tierra. El zodíaco se divide en 12 signos o partes iguales. Cada parte lleva el nombre de una constelación que aparece en esa parte del cielo.

23

Índice